Le messager d'Athènes

FichesdeLecture.com

Le messager d'Athènes
(Fiche de lecture)

I. INTRODUCTION

Le messager d'Athènes est un roman historique écrit par Odile Weulersse, paru pour la première fois en 1969. Diplômée en sciences politiques et agrégée de philosophie, l'écrivain s'est essayé à de nombreux genres, cinéma, scénarios, romans....

Ses ouvrages pour les jeunes mêlent adroitement histoires et Histoire, en utilisant au mieux les ressorts de la fiction pour transmettre de vraies connaissances historiques et culturelles, comme la Grèce antique qui nous est décrite dans ce roman.

II. RESUME

Introduction

L'histoire se passe en Grèce, au début du Ve siècle av. J.-C.. Le pays est alors organisé en cités qui connaissent plusieurs régimes politiques. À Athènes, la démocratie fonctionne, mais deux menaces se profilent : la tyrannie et les tentatives d'invasion de Darius, le Roi des Perses...

Chapitre 1 : Un combat déloyal

À Athènes, Timoklès se rend au gymnase pour un concours de pentathlon entre plusieurs jeunes hommes de la cité. Il est accompagné par son pédagogue Elpénor. Sur sa route, des rumeurs circulent sur sa famille : Oloros menacerait la démocratie... Il rejoint son ami Kallias et voit son rival Cimon. La préparation a lieu : on l'enduit d'huile et de poussière ; puis les cinq épreuves le conduisent à affronter Cimon, qui gagne en trichant... De retour chez lui, Timoklès retrouve sa sœur, mais il est buté. Il apprend que sa mère veut déménager dans un quartier moins populaire.

Chapitre 2 : Oloros

Timoklès comprend qu'une menace plane sur son père. Parvenu à l'Agora, il apprend qu'Oloros va peut-être être banni d'Athènes. Le sophiste Dicéopolis se présente. Timoklès rentre chez lui, les larmes aux yeux. La nuit venue, Chrysilla prie Artémis de protéger son père. Le lendemain, Oloros arrive à l'Agora, ce qui suscite bien des commentaires. Oloros affirme que le vrai danger est Darius, et non ce qu'on lui reproche. Il demande à son fils de poursuivre sa lutte pour défendre la liberté d'Athènes, s'il venait à être ostracisé (banni). Oloros est finalement banni. Le soir a lieu un banquet chez lui. Timoklès annonce à sa sœur qu'il veut partir avec son père. Puis, pendant le banquet, il prend la parole et annonce sa décision à Oloros. Son père s'y oppose, puis l'envoie consulter l'oracle de Delphes pour décider de ce qu'il faut faire.

Chapitre 3 : le philtre de l'oubli

Accompagné par Elpénor, Timoklès part en bateau vers Delphes. Le passage de l'isthme de Corinthe prend du temps. Le héros saute dans l'eau et nage jusqu'à Corinthe pour négocier un passage plus rapide du bateau, en vain. La ville l'émerveille par ses beautés et richesses. Il rencontre une femme, Timonassa. Elle le piège par une boisson qui l'endort, pour qu'il rate son bateau. Heureusement, il arrive à temps pour rejoindre Timoklès, mais le bateau est toujours coincé... Timoklès part à pied vers Delphes, seul.

Chapitre 4 : l'oracle de la Pythie

La route est rude, et Timoklès doit nager pour avancer plus vite. Il arrive épuisé à Delphes, mais un Béotien le conduit à la Pythie. Il se plie aux offrandes et aux rituels et après bien des obstacles, parvient à la Pythie. Il est impressionné, mais se pose cette question : doit-il suivre son père ? La réponse lui semble obscure : « par les flots déchaînés et la panique indescriptible, tu verras, au milieu, le trésor des Athéniens »...

Chapitre 5 : un départ clandestin

Timoklès est de retour à Athènes. Il interroge Kallias sur le sens de l'oracle. Son ami pense qu'il doit partir, ce qui provoque un débat avec les autres orateurs. Chrysilla pleure en apprenant le départ de son frère. Pendant la nuit, elle se glisse sur le navire pour s'y cacher… le lendemain, Oloros et son fils, ainsi que Kallias, embarquent. Chrysilla se montre, ce qui provoque la colère de son père, qui décide qu'au port suivant, les enfants rentreront. Une tempête violente éclate et Timoklès perd connaissance.

Chapitre 6 : Le marché aux esclaves

Timoklès et sa sœur, après le naufrage, sont capturés par des pirates, qui les revendent au marché aux esclaves de l'île de Samos. Là, ils sont séparés, et le jeune garçon est acheté par le tyran de Samos pour qu'il travaille à la mine de cuivre. Les conditions de travail sont terribles. De son côté, Chrysilla entre chez l'intendant du palais. Sa maîtresse est Tanagra, de Béotie, la concubine préférée d'Aiacès, tyran de Samos. Chrysilla négocie de l'aide pour avoir des nouvelles de son frère.

Chapitre 7 : L'as de la parole exerce ses talents

Kallias a été repêché par un bateau perse. Il devient rameur et en apprend plus sur l'avancée de l'invasion perse. Face au satrape de Sardes et à la foule, Kallias joue de ses qualités d'orateur pour sauver sa vie, et rend hommage aux Perses… il prétend avoir quitté Athènes pour rejoindre le camp de Darius. Le satrape l'emmène avec lui pour qu'il l'aide à convaincre Darius de conquérir Athènes. Pendant ce temps, Chrysilla n'arrive pas à convaincre Tanagra de l'aider à avoir des nouvelles de son frère. Elle parvient toute fois à s'esquiver une nuit et prend la route de la mine…

Chapitre 8 : La chasse du tyran de Samos

Chrysilla retrouve Timoklès : ils prévoient de s'enfuir le lendemain. Aiacès a fait un rêve de mauvais augure et chasse pour apaiser Artémis. Il tombe alors sur Chrysilla et la blesse d'une flèche en la poursuivant.

Il l'attrape finalement, et Tanagra ne peut pas l'aider… Aiacès veut la garder pour jouer à la chasser pendant la nuit. Timoklès surgit et tue le tyran, ce qui leur permet de s'enfuir.

Chapitre 9 : Chrysilla se prend pour une déesse

Alors qu'il recherche un animal à sacrifier pour se purifier du meurtre, Timoklès découvre une tombe dans une caverne, emplie d'un trésor de roi. Chrysilla se pare de nombreux bijoux et joue à la déesse. Un berger survient et découvre Timoklès, l'assassin du tyran. Ils parviennent à s'enfuir, mais le jeune homme est blessé. Alors qu'ils nagent pour s'enfuir, un mystérieux marin les sauve. Ils atteignent Milet, en Ionie, puis le fleuve Méandre. Un philosophe les accueille. TImoklès part pour Suse retrouver son père, en laissant sa sœur derrière lui, chez le philosophe.

Chapitre 10 : L'Œil du roi

Kallias et le satrape se rendent aussi à Suse pour rejoindre Darius. Kallias est surpris que le roi se présente comme un dieu. Les deux hommes rencontrent Darius et ses conseillers, l'Œil et l'Oreille du roi. Le satrape propose de conquérir les cités grecques et demande à Kallias de l'appuyer. Darius l'écoute et se prépare à demander la terre et l'eau à Athènes, ce qui déclenchera la guerre. L'Oeil du Roi surveille Kallias pendant plusieurs jours, méfiant. Il apprend l'assassinat du tyran de Samos par Timoklès et comprend qu'il tient là un moyen de piéger Kallias… Le jour de l'anniversaire de Darius, le Roi annonce sa décision de conquérir Athènes. Timoklès est amené à Darius, mais refuse de seprosterner. Il est condamné à mort et Kallias tente de sauver son ami. Ils parviennent à s'enfuir, poursuivis par les hommes et les chiens de Darius.

Chapitre 11 : Retrouvailles attendues et inattendues

Pendant 6 mois, les garçons traversent la Perse. Ils reviennent chercher Chrysilla, qui a appris à lire et à écrire auprès du philosophe. Timoklès cherche un bateau pour rentrer à Athènes, mais la flotte militaire occupe les lieux pour attaquer Athènes. Le héros s'en remet à Timonassa la

Corinthienne afin qu'elle piège l'œil du roi par son breuvage. Les enfants embarquent enfin vers Athènes.

Chapitre 12 : l'Agora est en effervescence

Timoklès rejoint enfin Elpénor et lui raconte tout. Il court ensuite vers l'Agora pour avertir les stratèges de la menace Perse. Le quartier du Céramique fête le retour des jeunes gens. Le lendemain s'ouvre le débat : que faire face aux Perses, combattre ou se soumettre ? La famille de Cimon est partisane de la soumission. Mais Kallias intervient face à la foule pour défendre la liberté de la cité. Puis a lieu la cérémonie d'oblation (coupe) de la chevelure de Timoklès, qui a seize ans désormais : il est un homme. L'Assemblée décide d'affronter Darius, mais il faut demander l'aide de Sparte. Timoklès se propose pour courir jusqu'à Sparte.

Chapitre 13 : Le trésor des Athéniens

Même épuisé, Timoklès court pour rejoindre Sparte et porter son message. La cité accepte d'aider Athènes, mais uniquement après la fête qu'elle est en train de célébrer. Alors qu'il rumine, le garçon rencontre un jeune éphèbe en pleine épreuve d'initiation spartiate. Le héros revient à Athènes : l'armée est déjà en route pour Marathon pour le combat. Les Grecs remportent la bataille. Timoklès comprend enfin l'oracle de la Pythie. Il savoure le trésor des Athéniens, la liberté.

Épilogue

L'histoire nous est racontée sous la forme d'un récit quasi mythique : « on raconte que ».

III. PRÉSENTATION DES PERSONNAGES

Timoklès

Jeune garçon âgé de 15 ans, il est le fils d'Oloros. Physiquement, il a les cheveux noirs et bouclés, assez longs. Il est courageux, mais impatient et immature dans ses réactions fougueuses. Le fait d'avoir tué un homme le trouble beaucoup.

Chrysilla

La sœur de Timoklès a treize ans. Elle voudrait faire comme son frère, pouvoir courir et lutter comme les garçons. De manière générale, Chrysilla incarne l'aspiration de jeunes femmes à la liberté, en souhaitant voyager, apprendre et ne pas passer ses journées à tisser, etc. Elle est intrépide et aime se promener la nuit et danser. Elle ne veut pas s'abaisser à être esclave ; toutefois, elle doit finalement s'y plier et coiffer, maquiller, s'occuper de sa maîtresse.

Oloros

Le père des deux adolescents est un homme fier, avec beaucoup de prestance. Il appartient à une grande famille aristocratique. Il inspire le respect, mais on le soupçonne de tyrannie. Pourtant, il est très attaché à la démocratie et à la liberté d'Athènes. Il habite dans le dème (quartier) du Céramique et a un mois pour quitter les lieux.

Elpénor

Pédagogue de Timoklès, le vieil esclave le soutient, mais ne peut partir avec lui dans son périple, car il est trop âgé.

Kallias

Meilleur ami de Timoklès. Il a vingt-deux ans et son physique contraste avec celui de Timoklès. Kallias est un métèque, car son père vient de Syracuse. Il ne peut donc pas être citoyen. C'est un bon orateur qui aime prendre la parole, car il connaît la puissance que peuvent avoir les mots.

Cimon

Rival de Timoklès, notamment au gymnase. Il a 16 ans, est plutôt robuste et n'apprécie pas Timoklès.

Tanagra

Maîtresse de Chrysilla, originaire de Béotie, elle l'appelle « petite ourse ». Elle fréquente Aiacès.

Le philosophe

Il apprend à Chrysilla à lire et à écrire et affirme que « les femmes doivent cesser d'être ignorantes et aller à l'école, comme les garçons ». Il méprise les sophistes, ce qu'il rappelle à Kallias.

IV. AXES DE LECTURE

Ce roman est riche en rebondissements, mais il permet surtout d'apprendre beaucoup d'éléments sur la Grèce antique. Les **éléments de la vie quotidienne** sont utilisés en permanence, ancrant ainsi le récit dans une époque et un lieu bien précis : faune, flore, objets, culture culinaire, lieux réels (le quartier du Céramique, à Athènes), les statuts sociaux (éphèbes, esclaves, métèques)...

Les croyances des Grecs

Le roman fait référence à de nombreux **dieux et rites** de l'époque, ainsi qu'à **signes** divers :

- Athéna, Artémis et d'autres dieux sont très importants dans le quotidien des personnages
- Divers rites rythment la vie quotidienne ou des éléments importants de la vie. Ainsi, avant de prendre la mer, les personnages doivent s'en remettre à un devin et à une étape de purification.
- La **Pythie et les oracles** qu'elle délivre sont un élément fondamental de la culture grecque de l'époque. On se pressait à Delphes pour entendre la parole des dieux à travers sa bouche.

L'importance de la politique

À l'époque, les cités grecques ont différents régimes politiques. Athènes est très attachée à la **démocratie** et à la liberté de ses citoyens (toutefois, tout le monde ne peut-être citoyen : c'est le cas des femmes, des métèques (étrangers) et des esclaves notamment).

Le roman fait intervenir plusieurs lieux niveaux réels de décision : l'Assemblée, les stratèges, l'Agora, le vote de l'ostracisme (le fait de bannir quelqu'un)... Il demande donc de porter un intérêt tout particulier au vocabulaire employé par Odile Weulersse.

La Perse et Darius

D'un point de vue géographique et historique, *Le Messager d'Athènes* nous permet de découvrir plusieurs choses :

- les différentes cités grecques et perses
- la menace de **l'Empire Perse et de son Roi Darius,** au Ve siècle avant Jésus-Christ
- les mers et fleuves de la zone géographique, à l'image de la **mer Égée ou du fleuve Méandre.**
- le sens de la demande de la « terre et l'eau », qui représente un signe de soumission susceptible de provoquer des affrontements à cette époque.

Un roman d'aventure et d'apprentissage

Ce roman n'est pas qu'instructif. Il nous permet aussi de suivre le parcours et l'évolution du jeune Timoklès, qui progresse tout au long de son voyage et de ses **aventures** (pirates, naufrage, etc.) jusqu'à **devenir un homme** et comprendre, enfin, ce que la pythie a voulu dire.

Son évolution répond à un **schéma actanciel plutôt traditionnel,** avec des adjuvants (Kallias, Elpénor) et des opposants (Cimon).

En tout cas, le voyage au sens géographique et physique du terme devient un véritable voyage psychologique pour le jeune homme, qui de l'enfant impulsif devient un homme courageux.

Dans la même collection en numérique

- 12 -

Escadrille 80

Inconnu à cette adresse

La controverse de Valladolid

Les Vilains petits canards

Une partie de campagne

Cahier d'un retour au pays natal

Dora Bruder

L'Enfant et la rivière

Moderato Cantabile

Alice au pays des merveilles

Le faucon déniché

Une vie

Chronique des Indiens Guayaki

Je voudrais que quelqu'un m'attende quelque part

La nuit de Valognes

Œdipe

Disparition Programmée

Education européenne

L'auberge rouge

L'Illiade

Le voyage de Monsieur Perrichon

Lucrèce Borgia

Paul et Virginie

Ursule Mirouët

Discours sur les fondements de l'inégalité

L'adversaire

La petite Fadette

La prochaine fois

Le blé en herbe

Le Mystère de la Chambre Jaune

Les Hauts des Hurlevent

Les perses

Mondo et autres histoires

Vingt mille lieues sous les mers

99 francs

Arria Marcella

Chante Luna

Emile, ou de l'éducation

Histoires extraordinaires

L'homme invisible

La bibliothécaire

La cicatrice

La croix des pauvres

La fille du capitaine

Le Crime de l'Orient-Express

Le Faucon malté

Le hussard sur le toit

Le Livre dont vous êtes la victime

Les cinq écus de Bretagne

No pasarán, le jeu

Quand j'avais cinq ans je m'ai tué

Si tu veux être mon amie

Tristan et Iseult

Une bouteille dans la mer de Gaza

Cent ans de solitude

Contes à l'envers

Contes et nouvelles en vers

Dalva

Jean de Florette

L'homme qui voulait être heureux

L'île mystérieuse

La Dame aux camélias

La petite sirène

La planète des singes

La Religieuse

À propos de la collection

La série FichesdeLecture.com offre des contenus éducatifs aux étudiants et aux professeurs tels que : des résumés, des analyses littéraires, des questionnaires et des commentaires sur la littérature moderne et classique. Nos documents sont prévus comme des compléments à la lecture des oeuvres originales et aide les étudiants à comprendre la littérature.

Fondé en 2001, notre site FichesdeLectures.com s'est développé très rapidement et propose désormais plus de 2500 documents directement téléchargeables en ligne, devenant ainsi le premier site d'analyses littéraires en ligne de langue française.

FichesdeLecture est partenaire du Ministère de l'Education du Luxembourg depuis 2009.

Plus d'informations sur www.fichesdelecture.com

ISBN: 978-2-511-02932-9

Notes :